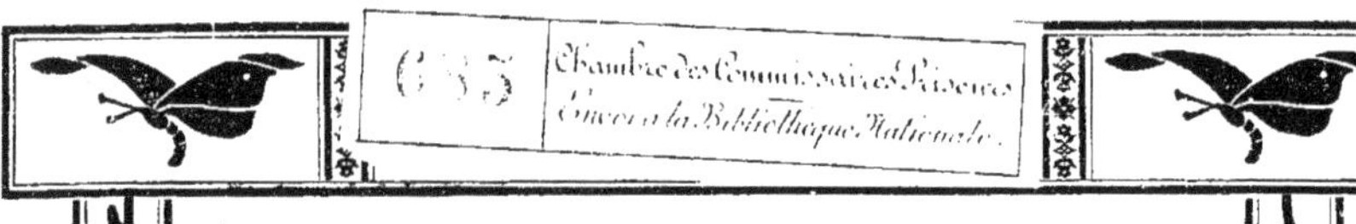

VENTE

PAR SUITE DE DÉCÈS

ATELIER CHABAL-DUSSURGEY

TABLEAUX

DESSINS — GOUACHES

ÉTUDES

Me LÉON TUAL
COMMISSAIRE-PRISEUR

M. ARTHUR BLOCHE
EXPERT PRÈS LA COUR D'APPEL

VICTOR BARBIER
IMPRIMEUR-GRAVEUR
68, BOULEVARD BEAUMARCHAIS
PARIS

CATALOGUE

DES

TABLEAUX & DESSINS

PANNEAUX DÉCORATIFS, GOUACHES

ŒUVRES

DE

CHABAL-DUSSURGEY

ET DONT LA VENTE AURA LIEU, PAR SUITE DE SON DÉCÈS

HOTEL DROUOT, SALLE N° 11

Le Vendredi 27 Mai 1904, à 2 heures

Me LÉON TUAL
COMMISSAIRE-PRISEUR
56, Rue de la Victoire, 56

M. ARTHUR BLOCHE
EXPERT PRÈS LA COUR D'APPEL
51, Rue Saint-Georges, 51

EXPOSITIONS

Du Jeudi 19 au Mercredi 25 Mai, de 10 h. du matin à 6 h. du soir
GALERIE ARTHUR BLOCHE, 51, RUE SAINT-GEORGES

Le Jeudi 26 Mai, de 2 à 6 h., **Hôtel Drouot, Salle n° 11.**

Les œuvres que CHABAL-DUSSURGEY a laissées et qui vont être exposées Galerie Arthur Bloche d'abord, et à l'Hôtel Drouot, avant leur dispersion aux enchères, témoigneront de la variété, de la finesse de la maîtrise de ce talent si justement apprécié et récompensé.

La majeure partie de ses peintures était commandée et classée d'avance autrefois à la Cour de Napoléon III et chez les grands collectionneurs qui leur réservèrent des places d'honneur en leurs palais ou leurs demeures. Le Duc de Luynes lui confia en 1844 la décoration du grand salon du château de Dampierre. Le Comte Turpin de Crissé, Inspecteur des Beaux-Arts, lui fit exécuter le portrait du Duc d'Orléans entouré d'une guirlande de fleurs. Plus tard Napoléon III lui commanda une décoration pour les Tuileries. Il était depuis 1849 le peintre des Manufactures des Gobelins et de Beauvais. On peut dire que presque toutes les tapisseries nouvelles exécutées depuis 1850 jusqu'à la fin du règne de Napoléon III pour les résidences impériales sont dues aux cartons de CHABAL-DUSSURGEY. Puis, c'est à Biarritz, au palais de l'Impératrice, que le maître décora tous les salons; au Théâtre français, quatorze panneaux lui furent commandés; chez le Comte de Pourtalès on retrouve de merveilleux plafonds et des dessus de portes qui font encore l'admiration des visiteurs.

La croix de la Légion d'Honneur, en 1857, était venue récompenser le peintre de talent. Malheureusement, entraîné par le désir toujours ardent en lui et très respectable, du reste, de répandre le goût du dessin et de la peinture un peu partout, il se retira à Nice pour y fonder l'Ecole Nationale d'Arts décoratifs.

Là aussi, ses œuvres firent l'admiration de tous les étrangers qui affluèrent sur la côte méditerranéenne, mais à Paris, on l'oublia un peu, et ce n'est qu'après sa mort, lorsque la Direction des Beaux-Arts lui fit l'honneur de lui consacrer la salle de l'Ecole des Beaux-Arts de Paris, à une exposition de ses œuvres, que les amateurs retrouvèrent dans ses décorations, dans ses peintures et dans ses dessins, toutes les exquises qualités que les biographies consciencieuses lui avaient reconnues.

Les expositions qui vont avoir lieu confirmeront nous n'en doutons pas, l'impression que ses œuvres ont toujours produite.

Arthur **BLOCHE.**

DÉSIGNATION

des Œuvres de CHABAL-DUSSURGEY

TABLEAUX ET ÉTUDES

1. Cardons en fleurs.
   Un coin de Nice près la villa Arson.

2. Bouquet de roses et lilas.
   Grand Prix à l'Expcsition Universelle de Lyon 1889.

3. Hommage à Philibert Delorme.
   Le sujet architectural sur lequel repose la gerbe d'Althéas et de Tournesols est une copie de Philibert Delorme (Musée de Cluny).

4. Couronnes de roses.
   Le jour de la St-Valentin. Légende anglaise qui veut que ce jour là, le jeune homme fiancé dans l'année offre en hommage à l'élue de son cœur, des fleurs sous la forme d'une couronne.

5. Pavots, fleurs de carottes, camomille,
6. Papavers et soleils.
7. Raisins.
8. Roses jaunes (Gloire de Dijon).
9. Anémones et mimosas.
10. Boules de neige.
11. Pavots et Choreopsis.
12. Esquisse d'un tableau pour le palais du Sénat.
13. Eglantines variées.
14. Lauriers variés.
15. Bouillons blancs.
16. Lys et tubéreuses.
17. Plante de Cardon.
18. Iris.
19. Fleurs de cardon.
20. Geraniums dans les rochers (Nice).
21. Etude d'Althéas.
22. Cardons en fleurs (réduction du grand tableau).
23. Anémones et rhododendrons.
24. Vigne en automne.
25. Tulipes.
26. Bignolias.
27. Figues de Barbarie.

38. Marrons d'Inde,

29. Giroflées.

30. Passiflora et lys.

31. Trois roses "Cent feuilles".

32. Roses et églantines.

33. Lilas roses et jonquilles,

34. Jasmin de Virginie et camélias.

35. Fleurs de cardon.

36. Deux camélias.

37. Camélias.

38. Anémones doubles.

39. Etudes de lys blancs.

40. Perroquet.

41. Esquisse d'un modèle de tapisserie avec médaillon.

42. Prunes et pêches.

43. Feuilles de cardon.

44. Plante de cardon.

45. Les Ponchettes (coin de villa à Nice).

46. Route de Gênes (Nice).
47. Route forestière Montboron à Nice.
48. Berthemont, station estivale Alpes (maritimes).
49. Le Moulinet, station estivale (Alpes maritimes).
50. La Loire à Villeret (Loire).
51. La Madone (Moulinet, station estivale, Alpes maritimes).
52. Villa Joséphine (Nice).
53. Villa Anney, Montboron (Nice).
54. Agaves, coin de rocher à Nice.
55. Le puits fleuri (Nice).
56. Portique à la Mantega (Nice).
57. Rocher à Berthemont, station estivale (Alpes maritimes).
58. Orangers à Nice.
59. Fontaine rustique à Nice.
60. Fontaine rustique fleurs des champs.
61. Portique avec balustres à Nice.
62. Saint-Martin, Vésubie (station estivale dans les Alpes maritimes).
63. Puits avec lianes (La Mantega, Nice).

GOUACHES

64. Le nid sauvé.
65. Plumbago et vigne vierge.
66. Coquelicots et blevets.
67. Eventail pensées.
68. Pied d'alouette et passiflore,
69. Iris.
70. Eglantines jaunes.
71. Fleurs de pêcher, éventail.
72. Chardons.
73. Luzerne.
74. Luzerne.
75. Eventail avec attributs Louis XVI.
76. Etude de pensées.
77. Feuilles de vigne.

DESSINS AU FUSAIN

78. Cardons.
79. Suspension.
80. Bouillon blanc.
81. Plante de tabac.
82. Panneau.

    Esquisse d'une peinture acquise par Henri Lhémann, membre de l'Institut.

83. Le Printemps.
84. Liserons blancs.

    Original de l'ouvrage lithographique adopté par les Ecoles.

85. Première ébauche de Concordia.

    Tableau acquis par le Musée de Lyon.

SÉRIE DE DESSINS

exécutés pour les Manufactures des Gobelins et de Beauvais

---

86. Cardons.
    Dessin du grand tableau.

87. Suspension.
88. Bouillon blanc.
89. Tabac.
90. Panneau Lhémann.
91. Dessin de liseron.
    Reproduit en lithographie.

92. Couronne, Le Printemps.
93. Première ébauche de Concordia.
94. Lilas, églantines, daliahs.
95. Pavots.
96. Panneau de Beauvais.

97. Vase et fleurs.

98. Tulipes.

99. Magnolias.

100. Dessin esquisse d'un tableau "Le Paon".

101. Esquisse d'un tableau de Beauvais.

102. Esquisse d'un panneau (Grand vase).

103. Dessin à corbeille.

104. Eventail.

105. Ebauche d'une couronne avec nid.

106. Corbeille.

107. Grandes cornes d'abondance.

108. Oranges.

109. Citrons.

110. Nêfles.

111. Pêches.

112. Deux petits panneaux avec petits vases, faisant pendant.

113. Grand panneau médaillon.

114. Sujet guerrier.

115. Queues de renard.

116. Grande guirlande, althéas, etc. (pendant du 20).

117. Trois bouquets.

118. Guirlande, faisant pendant au n° 18.

119. Dossier de canapé, liserons.

120. Le nid.

121. Médaillon.

122. Feuilles de chêne.

123. Une gerbe.

124. Liserons.

125. Tulipes.

126. Gerbe enrubannée.

127. Panier suspendu.

128. Deux dessins dans un cadre Louis XVI.

129. Lilas (siège).

130. Hortensias et liserons.

131. Etude d'althéas (pour le tableau de Philibert Delorme).

132. Siège de fauteuil, marguerite et roses.

133. Roses-Camélias.
Deux sanguines.

134. Couronnes d'églantines.

135. Bouquet de mauves.

136. Vase et coquelicots.

137. Dessin, crayon et gouache sur papier bleu.

138. Dessin de tapisserie, trois bouquets.

139. Eventail (branche d'églantines) couronne.

140. Dossier de canapé, corbeille et cornes d'abondance.

141. Fond de tapisserie.
142. Vierge et fleurs (petit dessin).
143. Nid et tourterelle.
144. Grand panneau décoratif. Tulipes. ané-
145. mones, camélias.

COROT

UNE LISIÈRE DE LA FORÊT DE FONTAINEBLEAU

TABLEAU APPARTENANT A Mlle G.

VICTOR BARBIER, IMPRIMEUR-GRAVEUR, 68, BOULEVARD BEAUMARCHAIS (BASTILLE)

www.ingramcontent.com/pod-product-compliance
Ingram Content Group UK Ltd.
Pitfield, Milton Keynes, MK11 3LW, UK
UKHW020215180726
13838UKWH00005B/2004

9 782329 453682